Abi-Tour an die Riviera

Eine Klasse zwischen Goethes *italienischer Reise*
und Krauses *balearischem Ballermann*

Marcus Helwing

Abi-Tour an die Riviera

Eine Klasse zwischen Goethes *italienischer Reise*
und Krauses *balearischem Ballermann*

Bibliografische Informationen der Deutschen Nationalbibliothek:
Die Deutsche Nationalbibliothek verzeichnet diese Publikation in der Deutschen Nationalbibliografie;
detaillierte bibliografische Daten sind im Internet über
http://dnb.dnb.de
abrufbar.

© 2019 Marcus Helwing
Herstellung und Verlag
BoD – Books on Demand, Norderstedt
ISBN: 9783750420175

Für meine Klasse

In Gedenken an Helene Weigel,
eine Schule und eine
unwiederbringliche Zeit

Inhalt

Die Diktatur der Mehrheit

Das letzte Schuljahr war gerade angebrochen, das Abitur warf seinen langen Schatten voraus. Zwölf lange Schuljahre lagen nun hinter meinen Klassenkameraden und mir, ein paar Monate standen uns noch bevor. Schwere Monate, intensive Monate, vollgestopft mit prüfungsrelevantem Wissen, prüfungsvorbereitenden Kursen, gähnend langweiligen Lernphasen und enorm stressigen Tests, Zwischen- und Abschlussprüfungen. Was danach kam, war mir völlig schleierhaft. Ich wusste damals schon, dass ein Teil der Leute in der Klasse – manche seit Jahren – genaue Vorstellungen davon hatte, was sie direkt im Anschluss an das Abitur tun würden. Einige sollten sich daran halten, andere schlugen gänzlich neue Wege ein.

Auch wenn sich gut sechs Monate vor Prüfungsbeginn mit an Sicherheit grenzender Wahrscheinlichkeit noch nicht alle Mitschüler über die zwangsläufig bevorstehende Trennung nach dem Abitur Gedanken gemacht haben werden, zog der baldige Abschied langsam am Horizont herauf. So, und wenn man sich schon voneinander verabschieden muss, kann man getrost ein letztes Mal miteinander einen draufmachen, womit der eigentliche Sinn solcher Fahrten ziemlich salopp formuliert wäre. Möglicherweise umwehte uns damals ein Hauch von Eskapismus. Noch einmal raus aus dem wöchentlichen Trott, noch einmal raus aus der Lernhölle, noch einmal raus aus unserer beschaulichen Heimatstadt. Vor allem aber weg von dem ganzen Stress, der mit dem Abitur kommen und nach diesem leider nie wieder verschwinden sollte.

Unsere Klassen- und Abschlussfahrt war im Nachhinein betrachtet sehr schön. Ich erinnere mich auch nunmehr fünfzehn Jahre später immer noch sehr gerne an sie. Deswegen will ich sie auch hier mitnichten verreißen, aber doch einige Skurrilitäten schildern, die mir nach wie vor im Gedächtnis herumspuken. Sie begann mit einer kleinen Niederlage für mich. Die Tutorinnen unserer beider Abschlussklassen, ein Mathe- und ein Englischleistungskurs, waren sehr bedächtig und überließen es uns, den Schülern, die Wahl der Destination zu treffen. Vermutlich mit dem pädagogischen Hintergedanken, durch eine demokratische Abstimmung einerseits die Akzeptanz der Entscheidung zu fördern und andererseits die Funktionsweise demokratischer Legitimationsprozesse zu veranschaulichen und sie fest in das Bewusstsein der Schüler zu implementieren. Die Wahl, vor der wir standen, war beileibe keine schlechte. Entweder konnten wir uns für eine Woche in der Goldenen Stadt – Prag – oder aber für sieben Tage an der Côte d'Azur bzw. am Ligurischen Meer mit der Basis Genua entscheiden. Ein wenig Schönfärberei war natürlich mit dabei, denn in Anbetracht der An- und Abreisetage blieben netto lediglich vier Tage übrig. Die kulturellen und historischen Gegebenheiten ließen mich sofort für Prag votieren. Alsbald wurde mir aber vor Augen geführt, dass die mich leitenden Argumente für die große Mehrheit meiner Klassenkameraden nicht den gleichen, keinen ähnlichen oder hauptsächlich gar keinen Stellenwert besaßen. Weiße Sandstrände, eine strahlende Sonne, das azurblaue Meer, tolles Wetter und mediterranes Klima zogen wohl mehr als lebendige Geschichte, atmende Architektur, kulturelle Vielfalt und eine merklich kürzere Wegstrecke.

Wichtig war für mich die Lektion, dass, wenn man mal bei einer Abstimmung die Minderheitsposition vertritt, die Welt auch nicht untergeht. Ich muss nämlich unumwunden und freimütig zugeben, dass es eine fantastische Woche werden sollte. Zwar kann ich mich, aus Gründen, auf die ich hier nicht im Detail eingehen möchte, nicht mehr an alle Momente so genau erinnern, aber wir sollten dort eine tolle Zeit verbringen.

Unter Zugzwang

Als sich am Sonntag peu à peu alle Mitglieder der bevorstehenden Expedition am Sammelpunkt – einem Parkplatz eines Einkaufszentrums mit diversen Ständen, Geschäften, Läden und Filialen nahe unseres Gymnasiums, der an einer der Hauptverkehrsadern der Stadt lag und am Wochenende praktisch ungenutzt blieb – einfanden, war die Spannung groß. Was würde die Woche bringen? Was würden wir sehen? Wen würden wir treffen? Hält das Wetter? Erwartungen und Vorfreude standen der Spannung in Nichts nach. Nachdem Dutzende Gepäckstücke in den dafür vorgesehenen Fracträumen verstaut waren, begann eine fast schon rührend anmutende Abschiedszeremonie, da viele Eltern es sich nicht nehmen ließen, ihre Kinder persönlich in die Obhut der Tutorinnen zu übergeben. Vermutlich, um diesen ostentativ die Verantwortung zu veranschaulichen, die sie die ganze nächste Woche übernehmen müssten. Nicht mehr lediglich kurze 45 Minuten in sicheren Räumlichkeiten, sondern mehrere Tage am Stück in fremden Ländern. Okay, wir hatten nicht vor, die EU zu verlassen, um auf eine Erkundungsreise durch Schwarzafrika oder Südostasien zu gehen. Dennoch schien es manchen Eltern so vorgekommen zu sein.

Als wir sie dann endlich abgeschüttelt hatten und ihre Silhouetten im Rückfenster des Busses kleiner und kleiner wurden, begann das Abenteuer. Bereits auf den ersten Autobahnkilometern kam im hinteren Teil des Busses, in welchem ich mich nicht aufhielt, der Verdacht auf, dass die Reifen komische Geräusche erzeugten. Beim ersten kurzen Zwischenstopp, irgendwo auf einem Autobahnrastplatz in der sachsen-anhaltischen Bördelandschaft, wurde der Sache auf den Grund gegangen. Während die Fahrer plauschten und ein paar Zigaretten rauchten, vertraten sich die meisten von uns die Füße. Melanie allerdings nicht. Ganz im Gegenteil. Sie war die Speerspitze eines Investigativkomitees, welches einen vermuteten Mangel an den Reifen oder der Radaufhängung aufgedeckt hatte. So rief sie die Lehrerinnen herbei und schilderte ihnen die Situation, optional erwog sie sogar einen Anruf, fast schon einen Notruf, bei der zuständigen Polizeidienststelle.

Frau Herrlich und die noch bedächtigere Frau Spiegel besahen sich die dicken Busreifen, vermochten jedoch nichts festzustellen. Auch mit der Aufhängung schien alles in Ordnung zu sein. So redeten sie mit Engelszungen auf Melanie ein, die Sache auf sich beruhen zu lassen, was an sich schon eine Geste der Höflichkeit war, denn eigentlich lag dem Verdacht kein Sachverhalt zugrunde. Schlussendlich, bestimmt nach mehr als dreißig Minuten, ließ sich Melanie davon überzeugen, dass mit der Technik alles zum Besten stand, wenngleich sie auf den ersten Stunden der Klassenfahrt zur Bereifungsexpertin mutiert zu sein schien. Gewitzelt wurde, dass diese Metamorphose nur eine Frage der Zeit gewesen sei, da sie sich schon lange und äußerst intensiv mit Schuhen befasste, also mit der Bereifung der Füße. Das war bei der vorderlastigen Gewichtsverteilung, die sie schon als Schülerin hatte und durchaus mithilfe von Kleidungsaccessoires zu betonen wusste, überhaupt nicht verwunderlich.

Nachdem die Fahrt endlich wieder aufgenommen werden konnte, brauchte ich eine Stärkung. Es lag noch eine weite Strecke vor uns und wenn bei jedem weiteren Halt ein derartiger Aufstand veranstaltet würde, könnten wir uns von den Urlaubstagen gleich verabschieden. Torsten dachte wohl ähnlich. Er saß in der gleichen Reihe wie ich, allerdings rechts vom Gang. Langsam und vorsichtig griff er nach seinem Rucksack, quasi dem Handgepäck, und zog eine 1,5 Liter Flasche hervor. Ich konnte das Etikett nicht gut erkennen. Entweder handelte es sich um Johnny Walker oder Jim Beam. Ich war noch nie ein großer Whiskey-Trinker geschweige denn Whiskey-Fan. Geschmacklich konnte ich demnach auch nichts herausfinden. Allerdings fand die Flasche großen Anklang bei unserer Gruppe, bestehend aus Kasi und Niki, zweieiigen Zwillingen, Tommy, Basti, Torsten und eben mir, allerdings nur beim Interesse, nicht beim Aroma, nicht beim Gaumenkontakt und auch nicht beim Abgang.

Nachdem die Flasche herumgewandert war, schien die Begeisterung verflogen. So richtig gut schmeckte das Zeug, besonders pur, irgendwie nicht. Demnach war auch am Füllstand der Flasche kaum auszumachen, dass sechs Leute einen Schluck genommen hatten. Folglich mussten wir in dieser Hinsicht in den nächsten Tagen noch nacharbeiten, da wir die Flasche nicht wieder nach Hause zurückbringen wollten, zumal Torstens Bruder sie extra auf einem der Polenmärkte kurz hinter der Grenze speziell auf Brüderchens Bitten hin erstanden hatte.

Damals war Polen noch nicht der EU beigetreten und Ostdeutsche nutzten an den Wochenenden die Grenznähe, um mit kurzen Butterfahrten günstige Einkäufe tätigen zu können. Vielleicht stand auch Johnny Beam oder Jim Walker auf der Flasche. Ausschließen würde ich es jedenfalls nicht. Es war eben auch die Zeit der Polenwitze. Harald Schmidt hätte seine ganze Late-Night-Karriere auf ihnen aufgebaut, behaupten manche ihm nicht sonderlich zugeneigte Kommentatoren der spätabendlichen deutschen Fernsehunterhaltung. Als gelegentlicher Zuschauer seiner Sendung bezweifele ich, dass diese Behauptung zutreffend ist, zumal Polen damals ein enormes Wirtschaftswachstum aufwies. Jährliche Steigerungsraten von vier bis sieben Prozent waren keine Seltenheit. Somit hatten die Polenwitze jegliche Gültigkeit, jeglichen Realitätsbezug längst verloren und funktionierten demnach auch nicht mehr. So begannen meine Gedanken abzuschweifen, während die Felder an den Fenstern vorbeizogen.

Was macht man also, wenn der Geist langsam abzudriften beginnt und man bereits Alkohol getrunken hat? Richtig, man spielt ein oder zwei Partien Schach. Das königliche Spiel hatte mich schon als Kind in seinen Bann gezogen, vermutlich weil die Figuren so elegant und interessant geformt waren, zumal mein Vater ein edles, russisches Brett mit schweren Holzfiguren sein Eigen nannte, mich es aber wann immer ich wollte benutzen ließ. Diese schöne Ausfertigung war natürlich auf Reisen nicht zur Hand, doch einige kleine klappbare Brettchen mit Steckschachfiguren wurden im Bus mitgeführt. Zunächst forderte mich Tommy heraus, einer meiner ältesten Freunde. Wir gingen schon in denselben Kindergarten und bereits als Fünf- und Sechsjährige erzählten wir uns gegenseitig Raubrittergeschichten. Da ich einige Jahre in der Schachjugend eines Vereins gespielt habe, war ich natürlich im Vorteil, weswegen ich fast schon krampfhaft bestrebt war, mir gänzlich unbekannte Eröffnungen zu spielen und einige unkonventionelle Züge auszuprobieren. Nach ein paar Springergabeln und einer Doppelung der eigenen Türme auf der gegnerischen Grundlinie war die erste Partie relativ schnell zu meinen Gunsten entschieden. Tommy grämte sich jedoch nicht zu sehr, weil er, meiner Meinung nach verfrüht und völlig zu Unrecht, bereits im Vorfeld die Niederlage innerlich akzeptiert zu haben schien. Später sollte er in Potsdam studieren und mit Frau und Kind im Grunewald sesshaft werden, was mir wiederum die Chance offerierte, bei Besuchen noch viele Partien gegen ihn vor der Kulisse des Mauerparks und der East Side Gallery zu spielen, wofür ich in tiefer Dankbarkeit verbleibe. Ich gönnte mir zur Belohnung einen Schluck aus der Pulle und fragte mich anschließend, warum ich das getan hatte. Das Gesöff war in der Zwischenzeit nicht besser geworden.

Danach lehnte ich mich selbstzufrieden zurück, grinste ein wenig und klopfte mir innerlich auf die Schulter, doch lange hielt dieser Gemütszustand nicht an, da mir erneut – wenn auch in freundschaftlicher Absicht – der Fehdehandschuh vor die Füße geworfen worden war. Basti, ebenfalls ein sehr guter Freund von mir, forderte mich zu einer Partie heraus. Wir teilen bis heute viele Interessen und haben später auch ähnliche Studienrichtungen eingeschlagen, wenn auch an unterschiedlichen Universitäten. Darüber hinaus insistierte er vehement darauf, dass ich die weißen Steine zu führen hätte. Er wusste offenbar, dass ich dies nur ungern tue. Was dann geschah, werde ich meinen Lebtag nicht mehr vergessen. Nach wenigen Zügen erfuhr ich ein merkwürdiges Schaudern und in den darauffolgenden Minuten jagte ein Schweißausbruch den anderen. Basti zog die Bauern vor, nur die Bauern. Bestimmt die ersten zehn bis zwanzig Züge. Natürlich ist das nicht die allerbeste Taktik, da die armen Bauern auf dem schwarz-weiß gemusterten Brett nicht mehr zurück können, aber ich wurde völlig auf dem falschen Fuß erwischt. Etwas vernebelt war mir zumute. Jedenfalls war ich fast eine Stunde damit beschäftigt, meine leichten Figuren hin und her zu manövrieren. Einem Zuschauer wäre vermutlich nicht entgangen, dass keine vernünftige Strategie dahinterstand. Viel eher befanden sich die weißen Springer und Läufer in der Anfangsphase dieser zweiten Partie permanent auf der Flucht vor der auf sie unweigerlich und bedrohlich zurollenden Bauernwalze. So etwas hatte ich noch nie gesehen. Dieser Bauernsturm hätte sicherlich auch Thomas Müntzer und seinen Gefolgsleuten zur Ehre gereicht. Nachdem es mir – gefühlt nach mehreren Stunden – endlich gelungen war, hinter Bastis Reihen zu gelangen, war es mir vergönnt, diese Partie schlussendlich doch noch siegreich zu gestalten. Dennoch werde ich dieses nervenaufreibende Duell im Spiel der Könige und das aggressive Vorgehen der Bauern nie vergessen können. Noch jetzt erfasst mich die Ehrfurcht, wenn ich an dieses Spiel denke.

Völlig verdutzt nahm ich noch einen kleinen Schluck Johnny Beam zu mir. Jetzt schmeckte er besser. Sollte ich mich langsam an das starke Aroma gewöhnt haben oder war mir der Schreck so in die Glieder gefahren, dass ich innerlich gewärmt werden musste? Daraufhin beschloss ich, trotz der ballearisch-deutschen Terrormusik, die aus den Lautsprechern des Busses dröhnte, ein wenig zu schlafen. Doch wegen des Lärms und meiner rasenden Gedanken, die wieder und wieder um die Vorkommnisse der zweiten Partie kreisten, gelang es mir natürlich lange nicht. Erst in den Abendstunden, als es langsam dunkel zu werden begann und wir die italienische Grenze bereits überquert hatten, war es mir vergönnt, ein wenig zur Ruhe zu kommen. Der Urlaub hatte für mich stressig begonnen.

Schock mit drei Sternen

Endlich da! Die letzten Meter auf den engen Straßen ei-
nes kleinen italienischen Städtchens waren beschwerlich.
Auf die Meldung hin, dass wir praktisch angekommen
wären, war die Müdigkeit – bei allen – wie weggeblasen.
Aus dem Bus rauszukommen kam einer Befreiung gleich.
Außerdem wollten wir natürlich wissen, auf was wir uns
da eingelassen hatten. Wo würden wir die nächsten paar
Tage zubringen?

Unser Lager schlugen wir in einem kleinen Vorort von
Genua auf. Das Hotel hatte immerhin drei Sterne. Bei
näherer Betrachtung des Schildes, dessen Verankerung
an der Wand auch nicht mehr den sichersten Eindruck
erweckte, stellte sich jedoch heraus, dass diese lediglich
aufgemalt worden waren. Durch wen und wann genau
ließ sich von uns nicht ermitteln. Behördlich, also von
offizieller oder wenigstens offiziöser Seite, schien diese
Klassifizierung jedoch nicht vorgenommen worden zu
sein. Egal, es herrschte Urlaubsstimmung. Zu dieser tru-
gen unsere Gastgeber bei. Eine kleine italienische Kern-
familie, vier Personen, die das Haus bewohnten und be-
wirtschafteten. Der Vater kümmerte sich um die Technik
und die allgemeine Instandhaltung der Anlage, die Mutter
zeichnete für die Mahlzeiten und die Zimmer verantwort-
lich. Auch die Finanzen hatte sie fest im Griff. Die Kinder

waren jedoch noch zu klein, um zu helfen oder gar Aktionen mit uns zu starten.

Es war zwar schon relativ spät, als uns das Esszimmer gezeigt wurde, aber zu unserer großen Verwunderung stand offenkundig eine warme Willkommensmahlzeit bereit. Panierter Fisch mit Spaghetti und einer Käsesoße. Basti wollte gerade anmerken, dass er leider nicht alles essen können würde, als ihm von der Seite unerwarteter – möglicherweise auch unerwünschter – Beistand geleistet wurde. Elena, eine patente Mitschülerin lief durch den Gang zwischen Essenraum und Arbeitszimmer, in welchem die Mutter sich gerade aufhielt, zeigte mit ausgestrecktem Arm, inklusive des Zeigefingers der rechten Hand, auf Basti und schrie ganz laut: Allergico! Allergico! Allergico! Ob der verdutzten Gesichter der Dabeistehenden wurde sie unsicher, zog ihr kleines deutsch-italienisches Wörterbuch heraus und durchpflügte die Seiten auf der Suche nach der korrekten Übersetzung und die Erleichterung war ihr förmlich anzusehen, als sie feststellte, keinen Fehler begangen zu haben. Schließlich war es ja durchaus wichtig, auf Bastis Fischunverträglichkeit hinzuweisen. Darüber hinaus hatte sie allerdings auch gerne recht und viel zu sagen. Nicht zuletzt deswegen brachte sie sich schließlich im Vorfeld der Reise ein wenig Italienisch bei, um sich als Sprachrohr für ihre Klassenkameraden – ob die es nun wollten oder nicht – zur Verfügung zu stellen. Jedenfalls waren jetzt alle in

Hörweite, was durchaus viele gewesen sein dürften, über die Sachlage in Kenntnis gesetzt. Das Ganze regte aber außer Elena weder Basti, die Frauen Herrlich und Spiegel noch uns auf. Die Hausherrin schien auch nicht sonderlich beeindruckt zu sein. Sie rührte einfach ein paar Eier zusammen und die Allergico-Krise war im Handumdrehen bewältigt.

Dennoch begannen wir zu ahnen, wie die vermutlich eigens kreierte Drei-Sterne-Bewertung zustande gekommen sein könnte, da das Speiseangebot, gerade für italienische Verhältnisse, recht einfach gehalten war. Die alten Skulpturen, welche römische Gottheiten zeigen, die sich liegend genüsslich Trauben zum Munde führen, verhöhnten uns geradezu. Im Prinzip kam während der ganzen Woche immer ein einfaches paniertes Gericht auf den ansonsten mit Nudeln vollgeklatschten Teller. Von den Atomwürsten, die an unterschiedlichsten Stellen seltsame Wülste aufwiesen, ganz zu schweigen. Die waren nämlich echt eklig. Was uns wirklich überleben ließ, war neben dem Frühstück, was okay war – Cornflakes, Müsli, Brötchen, Wurst, Käse, Marmelade, Honig und Eier standen zur Auswahl –, der für diese Region typische Hartkäse. Den Parmesan haben wir wirklich haufenweise auf alles geschüttet, was uns damals vorgesetzt wurde. Das kann jeder bestätigen, der einst mit dabei war.

Nach dem Essen verteilten wir uns auf die vorhandenen Zimmer (zwei bis vier Leute pro Raum, je nach Zimmergröße), packten den mitgeführten Krimskrams aus – vom ordentlichen Einsortieren der Kleidungsstücke in den Schränken und auf den dafür bereitgehaltenen Bügeln sollte hier nicht zwangsläufig ausgegangen werden – und stellten uns mental auf die vor uns liegende mediterran-maritime Woche ein. Die Koje durfte ich mit Torsten, Kasi und Niki teilen. Das war prima, weil es sich allesamt um Leute aus meinem engsten Freundeskreis handelte.

Das genuesische Rätsel

Die Reise sollte sich nicht zum Ausruhen eignen. Unsere beiden Tutorinnen hatten dafür viel zu viel mit uns vor. Das Programm war gespickt von kulturellen Höhepunkten und die nächsten vier Tage waren voll, zumal wir mehr oder weniger trilateral unterwegs waren. Klar, das Deutsche in uns verschwand ja nicht von einem Tag auf den anderen. Darüber hinaus hatten wir uns in Norditalien einquartiert, waren aber auch zwei Tage lang in Frankreich avisiert. Der Plan war der folgende: Montag Genua, Dienstag vornehmlich Nizza und Cannes, Mittwoch Monaco, Donnerstag Mailand, Freitag Rückreise. So weit, so gut. Die Hauptstadt der Region Ligurien war der Startpunkt. Die historisch bedeutende und geschichtsträchtige Metropole schien in der spätsommerlichen Sonne die schönsten Farben zu tragen. Die Innen- und Altstadt war ein attraktives Ziel, aber auch der Hafen zog uns unweigerlich in seinen Bann. Zwei Dinge werden mir für immer unauslöschlich in Erinnerung bleiben.

Zum einen ein Fakt aus dem Jahr 2003. Diesen brachte ich während der Suche nach einer Filiale einer weltweit relativ bekannten Fast-Food-Kette unter geschätzter Mithilfe meiner Freunde und Klassenkameraden in Erfahrung. In der ganzen Region Ligurien gab es zum damaligen Zeitpunkt lediglich zwei McDonalds-Filialen. Zwei! Zwar befanden sich angeblich beide in der Hauptstadt der

Region, nämlich in Genua selbst, aber diese waren für uns damals nicht zu finden bzw. in der Kürze der Zeit nicht zu erreichen. Das löst bei manchem sicherlich Unverständnis aus. Was für Idioten, warum gucken die nicht bei Google Maps nach oder befragen gleich Siri, Alexa oder deren chinesische Version. Nur war das damals schlichtweg nicht möglich. Nokia dominierte den Handymarkt. Die Smartphoneversion dessen existierte zu jener Zeit noch gar nicht. Um die technische Rückständigkeit jüngeren Lesern noch drastischer und anschaulicher zu schildern, soll unsere damalige Dokumentationshilfe dienen. Flori, ein großer, schlanker, dunkelhaariger Junge, hielt die Woche nämlich mit einer Videokamera filmisch fest. Sie war mit auswechselbaren Kassetten und kleinen Batterien bestückt und konnte die Aufnahmen später, zu Hause, auf VHS-Bänder beliebiger Anzahl übertragen. Das waren noch Zeiten. Im Nachhinein, mit ein paar Jahren mehr auf dem Buckel, bin ich jedoch fast schon dankbar, diese damals empfundene Not erlitten zu haben, weil der Mangel an Burgern und der Hunger meine Freunde und mich in ein lokales Restaurant mit fantastischem, italienischen Essen trieb.

Zum anderen fiel mir im Stadtbild Genuas schnell auf, dass viele Bäume in für mich seltsamen Formen gewachsen waren. Die zumeist alleine stehenden Pflanzen hatten in Bodennähe einen normalen geraden Wuchs, machten dann eine kurvenartige Biegung, strebten erneut etwa einen Meter nach oben. Nun setzte die Biegung wieder ein und endete ungefähr auf einer gedachten Linie nach oben, die von dem Punkt gezogen werden konnte, an dem der Trieb der Pflanze ursprünglich die Bodendecke durchbrochen hatte. Danach ging es völlig normal weiter nach oben bis zur jeweiligen Höhe der Baumkrone. Sehr merkwürdig. Zunächst dachte ich mir nichts weiter dabei, aber über die nächsten Stunden sah ich diese Form immer häufiger. Hin und wieder sinnierte ich, wie diese obskuren Pflanzen entstanden sein mochten. Plötzlich, die Sonne hatte ihren Zenit an diesem Tag schon vor Stunden überschritten, dämmerte es mir; typisch, erst kurz vor unserer Rückreise ins Basislager. Meist standen sich zwei dieser merkwürdigen Geschöpfe einander gegenüber, etwa in einem Abstand von fünf Metern. Vor allem aber waren diese Beulen in entgegengesetzter Richtung gewachsen. Das heißt, die gedachten Öffnungen lagen sich stets gegenüber und ich wusste endlich, warum dem so war. In der Lücke parkte nämlich, ganz einfach, ein Auto. Das heißt, die Bäume wuchsen um die Frontpartien der Motorhauben und die Kofferräume der PKW herum. Demnach war klar, dass die Italiener, wenigstens die Genuesen, jeden Zentimeter des zur Verfügung stehenden Parkraums zu nutzen wussten.

Das Rätsel war also endlich gelöst. Zeit für uns, nach der Tour durch die mit Touristen überfüllte Stadt noch ein wenig zu entspannen. Dafür sahen wir uns nach einem ruhigen Plätzchen um. Elena und ich entdeckten beim Flannieren entlang der Hafenpromenade ein beschauliches Restaurant. Besonders das einladende Ambiente gab für unsere Entscheidung, dort zu speisen, den Ausschlag. Außerdem schien der Laden, eben weil er etwas versteckt lag, nicht so überlaufen. So saßen wir während des Übergangs vom späten Nachmittag zum frühen Abend ein wenig abseits des Trubels in einer kleinen, versteckten Nische am Hafen. Elena, Basti, Tommy, Kasi, Niki, Torsten und ich hatten den ganzen Tag die Stadt erkundet und waren froh, ein wenig ausspannen und eine Pizza essen zu können, bevor wir uns wieder in der Unterkunft einfinden mussten.

Vor allem ging es darum, bereits mit vollem Magen dort anzukommen, um nicht genötigt zu werden, auf das bereits beschriebene kulinarische Angebot angewiesen zu sein und eingehen zu müssen. Außerdem wollten wir uns auch wie Erwachsene fühlen. Wir waren zu dem Zeitpunkt zwar alle schon volljährig, einer unserer Klassenkameraden hatte sogar schon zwei Ehrenrunden hinter sich, aber als Schüler, die noch im elterlichen Haushalt eingebunden waren, kamen Gefühle wie Freiheit, Selbstständigkeit und Souveränität natürlich eher selten auf. Demnach nutzten wir die Chance, räumlich von unseren Eltern getrennt, andere Leute für uns arbeiten zu lassen und unseren Wünschen zu entsprechen. Also orderten wir Pizzen und Getränke und ließen uns bedienen. Bei mir stellte sich jedenfalls ein schönes, wohliges Gefühl ein und ich denke, dass es den anderen ähnlich ging. So saßen wir um einen runden Tisch an dem sich vieles um die brünette Elena drehte. Irgendwie genoss sie die Rolle der Bienenkönigin, aber ich bin mir unsicher, ob wir Jungs die Rollenverteilung so wahrgenommen haben. Vielleicht hat sie mehr darüber nachgedacht und hineininterpretiert als wir alle zusammen. Vermutlich war dem so. Allerdings waren wohl alle mit der Situation zufrieden. Ende gut, alles gut.

Die Zeit des Münzfernsprechers

Meine Rückfahrt war jedenfalls gerettet, denn die schiere Begeisterung wohnte mir inne. Diese erlosch allerdings relativ schnell wieder, da ein Blick auf die Uhr klarmachte, dass wir unser Hotel erst nach Ladenschluss erreichen würden. Also mussten wir auf unsere mitgebrachten Vorräte zurückgreifen, um die Abendgestaltung interessanter zu machen. Wir erkundeten zunächst den Ort, um zu klären, was man unternehmen und wo man gemütlich eine kleine Weile zubringen könnte. Das ging recht schnell, da das Gelände übersichtlich war. Außerdem pulsierte dort das Leben in den frühherbstlich-nächtlichen Stunden auch nicht übermäßig. Das stand ja auch nicht wirklich zu erwarten.

Wir hatten uns in mehreren Grüppchen an verschiedenen Orten gemütlich eingerichtet und quatschten hauptsächlich, als eine kleine, graue Gestalt in der Ferne auftauchte und sich schnell unter einem deutlich zu vernehmenden Schluchzen näherte. Nach ein paar Augenblicken erkannte auch ich Katharina. Eine meiner Klassenkameradinnen, freundlich, zurückhaltend, ein wenig schüchtern mit kurzen blonden Haaren und einem wachen Blick, die aber nicht so schnell laufen konnte, weil sie schon jeher Probleme mit ihrem Knie hatte. Auf die Frage, warum sie denn weinte, erzählte sie, was passiert war. Teilweise war es ob des Wimmerns akustisch schwer zu verstehen, teilweise konnte zumindest ich ihr auch inhaltlich nur schwer folgen. Offenbar hatte ihr Freund, der nicht auf unsere Schule ging, Geburtstag und bisher hatte Katharina ihm nicht gratulieren können. Sie hatte es sich für den Abend vorgenommen, weil wir tagsüber ja ohnehin alle unterwegs waren, aber nun lief alles schief. Erst war der Akku ihres Handys leer. Als sie ihn dann endlich aufzuladen beginnen konnte, musste sie feststellen, dass das Prepaid-Guthaben für ein Telefonat nach Deutschland unzureichend war. Damals lief natürlich in dieser Hinsicht noch nichts online und zu glauben, nächtens in einem kleinen italienischen Touristenstädtchen Guthaben erwerben zu können, war nun wirklich mehr als illusorisch. Also blieb nur ein letzter Ausweg. Wir suchten eine Telefonzelle. Das waren damals stählerne gelbe Kästen, in denen ein Münzfernsprecher verankert war. In ihnen stank es regelmäßig und man konnte einen verschmierten, schweren, schwarzen Hörer abheben und auf einem metallenen Tastenfeld, bei dem oftmals einige Tasten eingedrückt bzw. verklemmt waren und Fehlfunktionen aufwiesen, die Rufnummer eingeben. Sofern man noch die passenden Münzen in ausreichender Menge bereithielt, durfte ein erfolgreicher Verbindungsaufbau zu erwarten sein.

Als erstes schwärmten wir aus und fragten ein wenig herum, aber niemandem von uns war eine Telefonzelle aufgefallen. Nach etwa einer halben Stunde, der Countdown lief unerbittlich herunter, fiel jemandem ein, in der Nähe des Fischerhafens, dort lagen nur drei uralte und längstens ausgediente Fischerboote, womöglich eine solche gesehen zu haben. Wir begaben uns auf den vagen Verdacht dorthin und hatten Glück, eine solche Kiste zu finden, die obendrein auch noch funktionierte.

Katharina war überglücklich, bat uns aber noch um ein bisschen Kleingeld, weil sie das bei der ganzen Aufregung natürlich auf dem Zimmer liegengelassen hatte. Verständlich. Nun, auch dieses Hindernis konnten wir aus dem Weg schaffen, dass ihr Freund bei den ersten Anrufen – mittlerweile kurz vor Mitternacht – nicht ranging allerdings nicht. Kasi, Niki, Tommy, Torsten, Basti, Elena und ich standen dabei und hofften, dass es doch noch klappen würde. Es fiel uns schwer, den eigentlich angebrachten Diskretionsabstand einzuhalten, wollten wir doch nach all der Aufregung und all unseren Anstrengungen final wissen, ob sich die Sache schlussendlich noch zum Guten wenden würde. Nach drei erfolglosen Versuchen brach Katharina erneut in Tränen aus, diesmal sogar noch heftiger als zuvor. Elena nahm sie in den Arm und tröstete sie. Nach gutem Zureden hatten wir sie soweit, es nochmal zu versuchen.

Es klingelte, quälend lange Sekunden. Dann nahm ihr Freund endlich ab. Alles war ein Missverständnis gewesen. Er hatte um diese weit vorangeschrittene Uhrzeit gar nicht mehr mit ihrem Anruf gerechnet und war längst zu

Bett gegangen. Wie schnell Trauer und Leid in Freude und Glückseligkeit umschlagen können, hat mich schon damals ungemein beeindruckt. Vom Gespräch, dass ungefähr eine Viertelstunde andauerte, war nichts mitzubekommen. Es bestand im Prinzip nur aus Gekicher, Getuschel und vereinzelten Wortfetzen. *Schatz*; *ich liebe Dich*; *Du bist so süß* und *das sagst Du doch nur so* konnte ich mit Glück vernehmen. Was halt so gesagt wird, wenn praktisch noch keiner irgendeine Ahnung von dem hat, was zu sagen angebracht wäre. Man sagt halt das, von dem man denkt, dass es gesagt werden müsste. Oder man sagt das, was zu jeder beliebigen Tageszeit auch schon damals auf Dutzenden von Sendern in unzähligen Variationen von Daily Soaps, Soap Operas oder Telenovelas von den Schauspielern in gescripteten angeblichen Alltagssituationen – Wieso sind die Frühstückstische in solchen Serien eigentlich immer brechend voll, insbesondere mit frisch gepresstem Orangensaft in Karaffen, wenn eh immer alle Beteiligten nach spätestens drei Minuten aufspringen, weil sie angeblich los müssen? – permanent und perpetuell zum Besten gegeben wird. Ein inhaltliches Trauerspiel gespickt mit aufgeladener und gelebter Emotionalität. Mit einer Dekade Distanz und hinzugewonnenen Erfahrungen wirkt es umso kurioser, wie ein nichtiger Anlass so große Wellen schlagen konnte. Im Augenblick des Geschehens, scheint die Wichtigkeit von Ereignissen mindestens quadriert zu werden, zumal in dem Fall, selbst betroffen oder in irgend einer Form beteiligt zu sein.

Das war also geschafft. Wenigstens wurden wir für unsere Anstrengungen, unseren Beitrag, durch den positiven Ausgang entschädigt, wenngleich die Zeiger der alten analogen Uhren bereits weit fortgeschritten waren. Allerdings waren wir innerlich doch aufgewühlt und auch ein wenig gerührt, vielleicht war das aber auch nur bei mir der Fall, begünstigt durch einen weiteren Versuch meinerseits, den Whiskey-Pegel in der besagten Flasche zu senken. Allerdings wollte sich kaum noch jemand an dieser Aktion beteiligen, weswegen ich nur geringe Fortschritte erzielte. Mehr ging einfach nicht, schließlich brauchte ich meinen Gaumen noch. Immerhin versuchten wir als Gruppe weiterhin, den Rückstand mit aller Gewalt aufzuholen.

Chagalls provenzalisches Dorf

Demzufolge war die Nacht relativ kurz, was aber zu kompensieren war, schließlich hatten alle von uns noch nicht so viele Sommer gesehen. Augen öffnen, zusammenreißen, aufstehen, fertig machen, Essen fassen und den eigenen Hintern in den Reisebus befördern. Das waren die zu bewältigenden Aufgaben und das ist, was wir alle getan haben. Leicht fiel es mir zwar schon damals nicht, aber immerhin winkte eine Tagesreise in die Grande Nation mit gleich zwei avisierten Destinationen. Zunächst wollten wir uns am Vormittag einem kleinen Künstlerdorf im äußersten Südosten Frankreichs widmen, danach sollte es nach Nizza gehen. Zwei Sachen hätte sogar ein Blinder mit einem Krückstock erkannt. Es ging in Frankreich schon 2003 von einem Kreisverkehr in den nächsten, wohingegen in Deutschland und Italien dieses Mittel in der Verkehrsplanung bei Weitem noch nicht so extensiv genutzt wurde. Unsere westlichen Nachbarn legten bereits damals den Grundstein, noch bis heute führend bei der Nutzung dieser Straßenform zu sein, schließlich gibt es mittlerweile über 30.000 davon in Frankreich. Noch wichtiger erschien uns aber, dass schier alle paar Kilometer ein riesengroßes Hinweisschild zu einer Filiale einer US-amerikanischen Schnellimbisskette auftauchte, welches wir mit fast ebenso großen und weit aufgerissenen Augen betrachteten – ach was, sehnsüchtig anstarrten. In Anbetracht unserer ernüchternden Erfahrung eines

Tages zuvor mögen wir zugegebenermaßen noch emp-
fänglichere Rezipienten für diese spezielle Kaufempfeh-
lung gewesen sein.

Gegen Ende des Vormittages wandelten meine Wegbe-
gleiter und ich aber durch die beschaulichen Gassen des
mittelalterlichen Kerns eines kleinen Dörfchens. Es war
heiß, sehr heiß. Mecklenburgern, die es im September an
die Côte d'Azur verschlagen hatte, erschien es umso
heißer. Ich war demnach früh aufgestanden, hatte mit
dem Bus eine Ländergrenze überquert und wandelte auf
dem glühenden Kopfsteinpflaster unseres Ausflugziels.
Unweigerlich schweiften meine Gedanken zu Dante A-
lighieri und seiner Göttlichen Komödie ab. Plötzlich klärte
sich alles auf. Ich musste mich im zweiten Kreis der Hölle
befinden. Es ging rauf und runter, andauernd. Diese Sied-
lung befand sich meinem Gefühl nach auf einem Haupt-
hügel, der von multiplen kleinen Erhebungen umgeben
war und teilweise auf diesen fußte, was wiederum merkli-
che Höhenunterschiede auch im Inneren dieses kleinen
Ortes bedingte.

Die exponierte Stellung, das mediterrane Klima und die
Verbindung verschiedener topografischer Gegebenheiten
in der Region Provence-Alpes-Côte d'Azur lockte im letzten Jahrhundert viele Kunstschaffende und Freigeister
nach Saint-Paul-de-Vence, so der Name des Dorfes.
Marc Chagalle verbrachte zwanzig Jahre seines Lebens

an diesem Fleckchen Erde und trug in nicht unerheblichem Maße dazu bei, dass mehr und mehr Künstler diesen winzigen Ort als ihre Heimstatt erwählten. So wandelte ich ziemlich desinteressiert durch die altertümlichen Wege, warf hier und da flüchtige Blicke in Schaufenster und Läden. Es drehte sich alles um Kunst. Ich hatte nichts davon, denn weder interessiert sie mich, noch verstehe ich sie. Demnach weiß ich sie leider auch nicht zu würdigen, selbst wenn sie es mehr als wert wäre. Kurz vor dem Abschied aus Saint-Paul-de-Vence bescherten mir meine Augen jedoch ein wundervolles Panorama. Auch wenn es seltsam klingen mag, der Friedhof beeindruckte mich ungemein. Eine derartige Ruhe, Erhabenheit, Friedfertigkeit und Anmut direkt nebst eines Getümmels aus Touristen, Künstlern, Schaustellern und Händlern erschien mir als Mannifestation der Ambivalenz. Unvergesslich.

Vom „Deutschen Meer"

Das Kontrastprogramm folgte am Nachmittag. Nizza, eine Großstadt am Mittelmeer. Früher, frei nach Alexandre Dumas, als Sommerfrische der Engländer verschrien, weil derart viele Briten die Sommer in Nizza zubrachten, dass angeblich kaum noch die französische Zunge auf den Straßen zu hören gewesen sein soll. Ich kann das für die frühen 2000er Jahre mitnichten bestätigen. Uns wurden ein paar Stunden zur freien und selbstständigen Verwaltung zugebilligt oder fakultativ eine von unseren Lehrerinnen organisierte Bootstour zu unternehmen.

Ich entschied mich dafür, wie viele meiner Freunde, das Angebot anzunehmen und ein kleines Schiff im Hafen zu besteigen. Okay, es war keine der großen, schicken, teuren und schneeweißen Jachten, sondern ein etwas älteres Boot, das auch schon bessere Tage gesehen hatte. Für eine Reisegruppe ausländischer Abiturienten, der lediglich ganz wenig Zeit an der französischen Mittelmeerküste beschieden war, musste es jedoch reichen. Das tat es auch, denn wir durften für etwa zwei Stunden eine kleine Seereise unternehmen. Der Kapitän, ein gallischer Seebär mittleren Alters, stets eine Kippe im Munde führend, beobachtete scheinbar gleichgültig, wie sich die deutschen Schüler auf dem Deck und in der Passagierkabine verteilten. Neben uns bestiegen noch weitere Leute das Boot, sodass die Ausfahrt so langsam auch für die betreibende Reederei ökonomisch lohnenswert erschien. Es war immer noch sehr warm, die Sonne spiegelte sich im Wasser und sorgte bei uns schnell für eine gesunde Körperbräune, die sich im Verlauf der nächsten Tage einstellte. In jedem Fall waren wir ziemlich froh gestimmt, zumal etwas Wellengang zu verzeichnen war, der die Fahrt noch lustiger machte.

Der Kapitän schien nach einer Viertelstunde etwas verwundert ob der deutschen Schüler, die viel Spaß hatten, kreuz und queer übers Deck liefen und versuchten, in die Wogen zu greifen. Einige hängten sich möglichst weit über die Reling, andere positionierten sich wie Kate Winslet in Titanic an der bugseitigen Reling posierend, wieder andere wollten so schnell so nass wie möglich werden. Ein Wettstreit brach aus. Daraufhin wandte er sich an unsere Reisebegleiterin, die uns zwei Tage lang mit ihren hervorragenden Französischkenntnissen zur Seite stand und nicht von eben dieser wich. Sie erklärte ihm unsere Affinität zur rauen See (was angesichts des leichten Wellengangs die Übertreibung des Monats war), indem sie über unsere Heimat sprach. Unter anderem brachte sie ihm zur Kenntnis, dass wir vom „Deutschen Meer" stammten, weswegen uns das Mittelmeer in Küstennähe wirklich nicht in Angst und Schrecken zu versetzen vermochte. Vermutlich wühlte der Brackwasserschiffsführer zunächst verzweifelt für ein paar Minuten in seinen Seekarten, auf der hoffnungslosen Suche nach diesem Mare incognita. Am Ende dämmerte es ihm und er erkannte schlagartig, dass es sich um die Nord- oder Ostsee handeln musste.

Ob sie keine Rückschlüsse auf den Herkunftsort der Schüler geben wollte oder einfach den korrekten Namen des bewussten Meeres nicht zu nennen vermochte und auf die Schnelle improvisierte, wie man es eben in der wörtlichen Rede so oft tut, wusste niemand. Als eine mit Luchsohren ausgestattete Freundin von mir davon Wind bekam und uns allen die Geschichte brühwarm auftischte, war der ganze Tag gelaufen. Natürlich im positiven Sinn. Den Rest der Ausfahrt verhielten wir uns weiterhin so, dass der Kapitän seine helle Freude hatte. Warum auch nicht? Wir hatten die sowieso. Ein Ziel wurde darüber hinaus vollständig erreicht. Beim Betreten des Festlandes waren so ziemlich alle von uns völlig durchnässt. Angesichts des fantastischen Wetters, des warmen Klimas und unserer jugendlich-gesunden Konstitution zog das, soweit mir bekannt ist, keine gesundheitlichen Folgeschäden nach sich. Ein bisschen Zeit hatten wir aber noch und so entschlossen wir uns, den Untergrund von Beton zu Sand zu wechseln.

Am Strand angekommen wanderten wir eben diesen entlang, das Geräusch der Brandung vermochte den Lärm der breiten und stark befahrenen Strandstraße zu dämpfen, in manchen Momenten gar völlig zu übertönen. Etwas erschöpft ließen wir uns im feinen Sand nieder, verpflegten uns und luden die Akkus sprichwörtlich wieder auf. Währenddessen lief ein großes Schiff aus. Als es den Hafen verließ, zeigte sich, dass es eine Fähre war. Vermutlich stach sie mit dem Ziel Korsika in See. Die großen mit Schweröl betriebenen Dieselmotoren, die in Hafennähe selbstredend bei Weitem nicht mit voller Kraft arbeiteten, und der massige Schiffskörper verursachten eine massive Wasserverdrängung, welche die Wellenhöhe ansteigen ließ und das Intervall zwischen den Wogen merklich verkürzte. Nach ein paar Minuten beruhigte sich das Wasser wieder. Die Wellen waren auf ihr ursprüngliches Niveau geschrumpft. Die kleinen, weißen Schaumkronen blieben ihnen jedoch, die ganze Zeit, was mich im Nachhinein nachdenklich stimmte. Sie erschienen wieder und wieder und wieder. Permanent. Zudem lösten sie sich nicht sogleich nach ihrer Ankunft am Strand auf und als gänzlich Weiß erwiesen sie sich bei näherer Betrachtung auch nicht. Ein gelblicher Einstich und unangenehmer Geruch taten sich hervor. Warum das so war, offenbarte sich uns wenige Minuten später. Ich stolperte nämlich in ungeschickter Weise über ein Rohr, welches zu Teilen im Sand verborgen war. Es handelte sich wohl um eine Abwasserleitung, wenigstens aber um das Ende eines Rohrsystems, welches vermutlich absolut ungefährliche und umweltneutrale Substanzen in die Bucht einleitete. Trotzdem eine unerfreuliche Begebenheit. Touristisch gesehen ein negativer Faktor.

Auf dem Rückweg zum Sammelplatz, von welchem aus der Bus uns ins temporäre Quartier bringen sollte, kam es noch zu einer interessanten Begebenheit. Als wir die letzten paar hundert Meter am Strand zurücklegten, rannten uns zwei sehr schnelle und leichtfüßig laufende Athleten entgegen, beeindruckender Laufstil, hochwertige Ausrüstung, professionelle Einstellung. Sofort, also in jenem Moment, als die beiden behänd an mir vorbeiflitzten, hatte ich einen Geistesblitz. Ich weiß es genau, denn diese sind derart selten bei mir, dass sie mir in wacher Erinnerung verbleiben. Ich kann es nicht beweisen, weil ich extrem schlecht im Gesichtererkennen bin. Allerdings sagen meine Freunde mir nach, ein Sport-Nerd zu sein, insbesondere beim Schauen, nicht beim Ausüben. Dennoch bin ich mir sicher, ganz sicher, es muss Mehdi Baala gewesen sein. Der französische Mittelstreckenläufer von Weltklasseformat, zu dem Zeitpunkt einer der Besten seiner Zunft über 1.500 Meter, war mir bei seinem Sieg bei den Europameisterschaften 2002 in München aufgefallen. Demnach schwöre ich, dass er es war. Es muss so sein. Es darf nicht anders sein, denn sonst wäre meine Abschlussfahrt um eine Story ärmer.

Unbunte Farben

Der nächste Halt war Cannes, die Stadt der Reichen und Schönen. Was wir hier sollten, erschloss sich uns nicht auf Anhieb, da wir das eine ganz bestimmt nicht waren und über das andere ließe sich vortrefflich streiten. Immerhin hatte das einst von Schilf umgebene verschlafene Fischerdorf seinen Charakter im 19. Jahrhundert maßgeblich geändert, als die französische Mittelmeerküste – damals noch standesgemäß fast ausschließlich in der Hand von Adligen und Couponschneidern – touristisch erschlossen wurde. Eine Form des extravaganten und protzigen Tourismus, den sich nur wenige leisten konnten.

Bereits bei der Ankunft spekulierten wir, ob der Bus nur eine Runde gedreht hätte und wir immer noch in Nizza wären. Alles mutete ähnlich, vertraut und bekannt an, war Cannes Stadtkern, insbesondere die Promenade, doch der von Nizza nachempfunden worden. Jedenfalls hatten die Architekten offenkundig großzügig Anleihen genommen. Um der Wahrheit die Ehre zu geben, hatten wir von Cannes – so denn überhaupt – nur wegen der alljährlich stattfindenden Internationalen Filmfestspiele gehört. Das Schlagwort der Goldenen Palme verfing dann doch hier und da. Allerdings wirkte der Ort auf mich künstlich. Direkt zu erkennen war es zwar nicht, aber der Verdacht lag nahe, dass, wie eben vieles beim Film, alles nur Fassade war. Was sich dahinter verbarg, wollte oder sollte man vielleicht gar nicht sehen. Frau Spiegel verkündete, dass wir noch etwa zwei Stunden lang Cannes erkunden dürften, bevor die Rückfahrt anstand.

Wir waren ziemlich erschlagen, sodass Basti, Tommy, Kasi und ich nur wenige Hundert Meter auf den Straßen schlenderten. Die ziemlich hohen Preise luden auch nicht gerade zum Shoppen ein. Vor allem fiel im Stadtbild auf, dass Cannes voll vom demografischen Wandel erfasst worden zu sein schien. Überall alte Menschen. Klar, aus Sicht von Schülern wirken viele Menschen alt, aber Grau, Braun und Beige waren definitiv die dominierenden Farben auf den Straßen. Natürlich, die Küste und der Hafen waren schön und die Palmen, die lebenden, grünen Versionen der Pflanze, wirkten als Vorboten einer fremden, unbekannten, orientalischen Welt. Dennoch, Nizza und das kleine Künstlerdorf beeindruckten mich viel mehr. Sie schienen, bei all ihren Macken, echt zu sein, was ich von Cannes, meiner bescheidenen Erfahrungen und Eindrücke nach, beileibe nicht behaupten kann. Meine Freunde und ich bewegten uns jedenfalls in puncto Schnelligkeit in ähnlichen Sphären wie die ganzen betagten Passanten neben und um uns herum. Das Stichwort dazu lautete Entschleunigung.

Ohne unser Zutun wandelte sich aber das Motto der Rückreise schlagartig. Der Busfahrer, einer von zweien, die sich abwechselten, gab ziemlich viel Gas, was letztendlich dazu führte, dass er eine relativ spitze Kurve nicht in adäquater Weise ansteuerte. Das Ende vom Lied war eine Vollbremsung. Der Bus geriet auf die gegnerische Fahrbahn. Es war ein äußerst einprägsamer Moment, den viele von den Insassen mit Schrecken durchlebten. Die Zeit, die wenigen Sekunden, schienen ewig anzudauern und nicht zu vergehen. Nachdem die Zeitlupenphase verstrichen war und wir es vermutlich nur dem ausbleibenden Gegenverkehr zu verdanken hatten, noch nicht unser Lebensende erreicht zu haben, kamen wir doch an das Ende unserer Träume.

Wir hatten schon intern spekuliert, warum der Fahrer diese Route gewählt hatte, weil bisher die Autobahnen den klaren Vorzug bei der Auswahl erhielten. Frau Herrlich stand, nachdem sie den Schock überwunden hatte, auf, riss sich sichtlich zusammen, schritt flott den engen Gang nach vorne und bat den zweiten Fahrer um das Mikrofon, um eine Durchsage über das integrierte Lautsprechersystem des Busses machen zu können. Mit freudiger – nach dem beschriebenen Vorfall möglicherweise aufgesetzter – Mine verkündete sie, dass heute die Entscheidung gefallen sei, die Landstraße zu befahren, um die schöne Aussicht an der französisch-italienischen Mittelmeerküste genießen zu können. Der ausschlaggebende Faktor soll wohl die Zeit gewesen sein, da wir etwas früher aufgebrochen waren als vorgesehen und somit ein wenig bummeln konnten. Das kam bei uns, den Schülern, jedoch überhaupt nicht gut an. Die Nachricht, insbesondere in Verbindung mit der Begründung, löste vielmehr blankes Entsetzen aus. Denn damit war klar, der Ladenschluss würde uns erneut einen Strich durch die Rechnung machen. Einen Strich durch eine Rechnung, ohne überhaupt einkaufen zu können und im Anschluss eine Rechnung zu erhalten. Wieder sollte es uns nicht vergönnt sein, Einkäufe vor Ort zu tätigen. Also waren wir erneut gezwungen, auf unsere merklich und beängstigend gesunkenen Vorräte zurückzugreifen. Der Abend war dann aber doch wundervoll, wenn auch sehr, sehr lang. Der Strand, lediglich ein paar Hundert Meter von unserem Quartier entfernt, war an den lauen Frühherbstabenden selbstverständlich die primäre Anlaufstelle.

Die Nacht, der Sand und das Geld

Diese Strände waren auch sehr schön. Vor allem waren sie leer. Total entvölkert. Natürlich waren wir in den nächtlichen Stunden dort zugegen, aber es wirkte schon befremdlich, niemanden anzutreffen. Einen leicht ausfindig zu machenden Zugang zum Gelände schien es ebenfalls nicht zu geben oder wir stellten uns zu dumm an, diesen aufzuspüren. Der Einfachheit halber wählten wir in jener Woche den direkten Weg, quasi den Luftweg. Dazu musste lediglich ein Zaun von relativ niedriger Höhe, keine Witze an dieser Stelle über die durchschnittliche Körpergröße der Italiener, welcher auch schon deutliche Zeichen von Korrosion aufwies, überwunden werden. An anderen Stellen, sofern man sich bereit fand, einen kleinen Umweg in Kauf zu nehmen, war es möglich, kleinere Löcher und Lücken im Maschendrahtzaun zu nutzen, um an den Strand zu gelangen.

In der vergangenen Nacht hatten wir herumgerätselt, warum die Situation sich so darstellte, wie beschrieben. In dieser zweiten, der dienstäglichen, Nacht kamen wir dahinter. Dazu waren keine holmschen Kombinationskünste vonnöten. Es reichte aus, die überall aufgestellten Schilder zu beachten und deren Inhalt zu lesen. Obwohl praktisch keiner von unserer Reisegruppe, außer Elena selbstverständlich, zu dem Zeitpunkt des Italienischen mächtig war, dämmerte es uns. Das Betreten des Strandes war untersagt. Das Verbot gründete auf der Tatsache, dass es sich um einen Privatstrand handelte. Das war damals für uns junge, naive Menschen wirklich schwer nachzuvollziehen, da die Strände unserer Heimat in unseren Augen nicht weniger schön, aber gänzlich öffentlich und frei zugängig waren und es bis heute sind. Ein Allmendegut – möglicherweise ein Teil des sozialistischen Erbes unserer Heimat –, welches die Lebensqualität der Einheimischen und die Reiselust der Touristen noch steigern sollte. In der Nähe von Genua sah man die Dinge wohl anders. Jedenfalls verfolgten sie dort, zumindest zu jener Zeit, ein gänzlich anderes touristisches Konzept. In jugendlichem Leichtsinn und feierlichem Übereifer war uns dieses Verbot ehrlich gesagt egal.

Was sich dem Gelingen des gesamten Abends darüber hinaus noch als zuträglich erwies, war die Weitsicht einiger meiner Klassenkameraden. Die hatte es am Nachmittag in Nizza nämlich nicht an die Küste gezogen, denn sie frequentierten doch eher dortige Kaufhallen, um die langsam dünner werdenden Vorräte an Getränken merklich aufzustocken. Ich hatte wieder rumgedüst und davon keinerlei Kenntnis erhalten, aber sie trauten wohl dem Frieden nicht. Um auf Nummer sicher zu gehen und nicht erneut vom Ladenschluss bei Genua ausgebremst zu werden, gingen sie in Vorleistung, was sich im Nachhinein als weise erwies. Dem mussten wir am Abend Abbitte leisten. An diesem Tag war es etwas kühler, worauf die meisten von uns in Sachen Kleidung nicht so richtig eingestellt waren. Das galt natürlich nicht für alle, denn wenigstens Melanie hatte Stiefel dabei. Allerdings wärmten uns andere Dinge, nur auf die Dauer erwiesen sich die frischen und zugigen Luftströmungen als zu hartnäckig und so beschlossen wir, unsere Zimmertruppe, es für heute gut sein zu lassen und ins Hotel zurückzukehren.

Die Zwillinge, Torsten und ich saßen ein paar Minuten später auf dem Bett bzw. auf dem Boden, quatschten und kloppten Skat. Dazu wurde Johnny erneut herumgereicht, allerdings führten alle Wege in diesem Fall nicht nach Rom, sondern zu mir. So recht wollten die anderen irgendwie nicht. Ganz besonders Torsten, der ihn ursprünglich mit großem Getöse angeschleppt hatte, hielt sich nun merklich fern von ihm. Ein wenig Hilfe wurde mir dann aber doch noch zuteil, sowohl von den Zwillingen als auch von Tommy und Basti, die an diesem Abend quasi bei uns zu Besuch waren und ansonsten selbst ein kleines Zwei-Mann-Zimmer bewohnten. Leider waren uns die Mix-Getränke ausgegangen (Cola, Orangensaft, etc.) sodass es gar nicht so lange ging und wir alle, wie es im Norden so schön heißt, ziemlich betüddelt waren.

Tauchfahrt ins Fürstentum

Am Mittwoch, dem dritten Tag unseres Aufenthalts an der Riviera, wir feierten demnach schon Bergfest, ging es nochmal nach Frankreich, jedoch nur zur Durchreise, denn das Ziel war der flächenmäßig zweitkleinste Staat der Erde, das Fürstentum Monaco. Der Modus Operandi blieb im Wesentlichen unverändert. Zunächst durften wir wieder über einige Stunden frei verfügen und selbstständig die Stadt erkunden, danach hatten unsere Tutorinnen einen Programmpunkt für uns vorgesehen, den sie in pädagogischer und akademischer Sicht als wertvoll erachteten. Noch auf den letzten paar Kilometern der Anreise blieb mir ein Motiv in Erinnerung, dass sich auf meiner Netzhaut einbrannte. Ein meeresnahes großes Stade Louis II unterhalb eines Abhanges in einer Stadt, die auf engstem Raum konstruiert war und aus allen Nähten zu platzen drohte. Die beeindruckende Konstruktion der in die rot-weißen Vereinsfarben des AS getauchten Spielstätte und die relativ freie große grüne Fläche in der ansonsten grau zubetonierten Metropole mit weißem Anstrich vor dem azurblauen Wasser bot schon ein selten zu beobachtendes Panorama.

Kurz danach teilte sich die Klasse, sofern ich mich recht entsinne, in zwei Gruppen. Die eine hatte nur ein Ziel. Deren Mitglieder versuchten sich als moderne Glücksritter. An einer professionellen Vorbereitung mangelte es mitnichten. Bereits vor der Abfahrt von unserer italienischen Residenz staunten alle Anwesenden nicht schlecht, als die betreffenden Kandidaten ihren legeren Look der Vortage ablegten und in Hemd, Anzug und Krawatte zum morgendlichen Buffet schritten. Derart passend gekleidet entstiegen sie auch dem Bus, als eben dieser die Grenzen des winzigen Fürstentums längstens passiert und gehalten hatte. Ihr gewähltes Ziel war klar, eines der zahlreichen Casinos. Über den monetären Erfolg, welcher dieser Unternehmung beschieden war, hüllen wir an dieser Stelle den langen Mantel des Schweigens. Dem Vernehmen nach ging es um die Sache und um nichts anderes. Der Weg war das Ziel.

Während also die einen den von langer Hand vorbereiteten Plan in die Tat umsetzten, schienen die Mitglieder der anderen Gruppe eher unschlüssig zu sein, was nun genau mit der vorhandenen Zeit anzufangen sei und so teilten sie sich in diverse kleine Subeinheiten auf. Mir war es damals völlig gleich, was wir tun sollten. Deswegen schloss ich mich einfach meinen Freunden Kasi und Niki an, die ganz besonders in jenen Jahren große Formel 1-Fans waren. Heute ist dieses Spektakel immer noch ein gesellschaftlich relevantes Thema, aber damals war Deutschland im Schumi-Hype. Michael Schumacher hatte bereits mehrfach die Weltmeisterschaft gewonnen und fast alle deutschen Motorsportfans zu Ferraristi konvertiert. Wenn also ihr Favorit doch mal bei einem Rennen

42

das Nachsehen zu haben schien, stürmten fest im Leben stehende Familienväter, aufrechte Bürger, die tragenden Säulen einer Gesellschaft auf den Balkon und führten einen Regentanz auf, der selbst den erfahrensten Häuptlingen und Medizinmännern der „First Nations" auf dem amerikanischen Kontinent einen gewissen Respekt abgenötigt hätte. Warum? Weil Schumi als bester Regenfahrer seiner Zeit galt. Ob es geholfen hat, überlasse ich allen Fred Astaires dieses Planeten selbst zu bewerten. Ich hingegen konnte mich für den ganzen Rennzirkus nie begeistern. Vor allem gucke ich mir bestimmt nicht an, wie zwei Stunden lang im Kreis gefahren wird. Also trottete ich dem kleinen Grüppchen hinterher, das den engen Stadtkurs bereits auf einer mitgebrachten Landkarte aus Papier, so lief das damals, vorgezeichnet hatte. Mir brachte es nicht so viel, über Kurvenwinkel, Beschleunigungszeiträume und Anbremspunkte zu diskutieren, aber einen Vorteil hatte diese Unternehmung dann doch. Der Kurs ist zwar relativ kurz, knapp mehr als drei Kilometer mit 18 Kurven, führt aber dennoch an vielen viralen Punkten des Fürstentums vorbei, weswegen mir viel von der Stadt gegenwärtig wurde.

Gegen Mittag mussten wir dann aber unseren Exkurs in die Welt des Motorsports so langsam zu einem Ende bringen, weil noch ein weiterer Punkt auf der Tagesordnung stand, der für alle von uns obligatorisch war. Neben der bereits erwähnten Bedeutung für Rennsportfans ist

Monaco natürlich für Royalisten, Adelsinteressierte und Boulevardspezialisten ein heißes Pflaster. Die vom Vortag bekannte Reisebegleiterin quälte uns ein wenig damit, ständig und überall von Fürst Rainier zu sprechen, an welcher Ecke er mal gestanden habe und wo er vor vier Wochen angeblich gesichtet worden sei. Zudem wählte sie eine seltsame Aussprache des aus dem Geschlecht der Grimaldis stammenden Regenten, weil sein Name aus ihrem Mund eher nach der typisch deutschen Intonation des Namens Reiner klang. Alles ziemlich uninteressant für uns, da wir mit den Monarchien und den komplizierten familiären Angelegenheiten der alteingesessenen europäischen Adelsgeschlechter nichts, aber nun wirklich rein gar nichts, anzufangen wussten. Vermutlich handelte es sich hier ebenfalls um ein Erbe, wenigstens aber um ein Geschenk, des Geburtsjahres und −ortes, der Klatschpresse, zumindest auf diesem Gebiet, noch nicht anheimgefallen zu sein. Das mediterrane Fürstentum ist jedoch noch für eine weitere Attraktion bekannt und genau zu dieser wollten wir auch, weil sie in akademischer Hinsicht durchaus interessant war. Also fuhren wir alle zum Ozeanographischen Museum Monacos.

Begeistert war ich nicht unbedingt. Zwar gefielen mir Museen schon immer, aber dieser naturwissenschaftliche Bezug schreckte mich eher ab. Allerdings musste ich meine Meinung schon bei Ankunft revidieren. Mir eröffnete sich ein prachtvoller Blick auf ein wunderschönes Gebäude in einer malerischen Landschaft. Das Museum wirkte wie direkt aus dem Fels geschlagen. Dessen Mauern schienen fließend in den Felsvorsprung überzugehen und seeseitig luden riesige Fenster geradezu dazu ein, von einem schwimmenden Gefährt den Fuß, wie die Entdecker früherer Jahrhunderte, aufs unentdeckte Land, in unbekannte Gefilde oder wie in diesem Fall ins unentdeckte und unbekannte Museum zu setzen. Nun wollte ich auch sehen, ob der Ort der meeresbiologischen Erinnerung von innen hielt, was er von außen versprach.

Gern baute ich an dieser Stelle Spannung auf, doch es wäre vergebens. Beeidruckende Räume, famose Exponate, imposante Skelette, exotische Meeresbewohner, unter der Wasserlinie gelegene Ausstellungsräume mit Meeresblickfenstern und anschaulichen wissenschaftlichen Informationstafeln. Nach mehreren Stunden im Bauch des steinernen Wals hatte mich die Informationsflut, die mich mit Wucht, Härte und Illumination traf, völlig ermatten lassen. Demnach war es Zeit, ein kleines Päuschen einzulegen. Nur wo? Wenngleich es im Museum unfassbar schön war, wollte ich doch mal wieder an die frische Luft. Um das zu bewerkstelligen, begab ich mich über eine äußerst breite und lange steinerne Treppe nach draußen. Wenngleich die Sonnenstrahlen an Kraft verloren hatten und einige Wolken den Himmel verdunkelten, bildete der Park, der beeindruckend geschickt arrangiert und hervorragend gepflegt war und mit so mancher Pflanze aufwartete, die weder meine Mitschüler noch ich jemals zuvor gesehen hatten, eine atemberaubende Kulisse. Dieser Museums- und Parkkomplex bietet bei Weitem genug, um für einen ganzen Tag in eine eigene Welt einzutauchen. Selbst Jacques Cousteau tat dies für mehr als dreißig Jahre, in denen er als Direktor dieses Museums fungierte und seine Spuren hinterließ.

Zu Beginn der Rückreise dachte ich über den vergangenen Tag und das Erlebte nach. Gerne hätte ich das bis zur Ankunft in unserem Basislager getan, tief war ich in meinen Gedanken versunken, doch entriss mich unsere Reisebegleiterin aus meinem Sinnieren. Das war in den letzten zwei Tagen nichts Ungewöhnliches, weil sie diese Praxis mehrfach an den Tag gelegt hatte. Wenn sie dadurch motiviert worden wäre, uns neue und interessante Informationen zu vermitteln, hätte ich es durchaus wohlwollend als gerechtfertigtes Anliegen goutiert, aber es verhielt sich anders. Sie beschäftigte offenkundig lediglich ein Thema – Olivenbäume. Wie sie wuchsen, wo sie standen, wer sie pflanzte, woher sie ursprünglich kamen, wie widerstandsfähig sie wären, ob Waldbrände sie beträfen und welche Bedeutung sie für die Region, insbesondere für die Wirtschaft und den Tourismus, hätten. Vielleicht war und bin ich überempfindlich, aber allein die Tatsache, dass ich auch über fünfzehn Jahre danach noch panisch werde, wenn ich das Wort Olive höre oder lese, spricht Bände.

Als der letzte Monolog bezüglich dieser faszinierenden Ölbaumgewächse über alle im Bus Anwesenden ergangen war, bedankten wir uns für ihre Dienste. Unsere Mädels hatten in weiser Voraussicht ein kleines Blumenbouquet organisiert und überreichten ihr eben dieses mit ein paar warmen Worten. Wir Jungs kamen wie immer aus dem Muspott, denn darauf wären wir, wenigstens zu jener Zeit, nie und nimmer gekommen. Als wir die Dame auf eigenen Wunsch noch auf französischem Boden abgesetzt hatten, kehrten auch wir der Grande Nation, wenigstens für diese Reise, den Rücken. Nach dem Abendbrot hielten wir uns erneut an das Erfolgsrezept, welches uns schon die letzten Nächte versüßte, wenngleich ich ein paar Stunden nutzte, um das kleine Städtchen, welches uns beherbergte, zu erkunden. Die Kirche zu umschleichen und die kleinen Gassen bei Nacht zu durchstreifen war auch sehr schön, letztendlich zog es mich dann aber doch wieder zum Strand. Ich kriege die Ostsee irgendwie nicht aus meinen Venen, weswegen sie auch Einfluss auf meinen inneren Kompass zu haben scheint.

Ein Botengang

Zuweilen mussten einige von uns zwischen dem Strand und dem Hotel hin- und herpendeln, um Nachschub zu holen. Machen wir uns nichts vor, es handelte sich um schlichte Botengänge. Bisher hatte ich es durch meine charmante Art – vermutlich jedoch eher durch pures Glück bzw. reinen Zufall – geschafft, mich vor dieser lästigen Aufgabe zu drücken. Nun war ich jedoch mal dran. Auf dem Zimmer packte ich ein paar Sachen zusammen, wobei nicht alles in meinen Rucksack passte. Also nahm ich die restlichen Flaschen in beide Hände und ging relativ schnell die kurze Treppe hinunter, um über den Hof wieder zum Strand zu gelangen. Ein Fehler, denn da war ganz schön was los.

Mehrere Klassenkameraden saßen auf Bänken, diese waren offenkundig absichtlich erst kürzlich in der Mitte des Innenraums im hellen Schein gleich zweier Laternen, um nicht auf das fahle Mondlicht angewiesen zu sein, aufgestellt worden. Das war natürlich für sich besehen noch gänzlich unproblematisch, allerdings erkannte ich schlagartig, dass sie dort saßen, um mit Frau Herrlich und Frau Spiegel Karten zu spielen. Uno glaube ich. Beide blicken zeitgleich zu mir auf. Frau Spiegel, eine äußerst zierliche, vorsichtige – um nicht zu sagen ängstliche – und dünnhäutige Person stand auf und ging wortlos ins Haus. Nicht ungnädig, aber ich denke, sie wollte damit einfach nichts zu tun haben. Frau Herrlich hingegen reagierte anders. Unerwartet. Sie fragte, ob ich mich dazusetzen wollte und spielte mit den anderen seelenruhig weiter, wobei diese große Augen machten und ihre Ohren satellitenschüsselartig ausrichteten.

Ich dachte, billiger komme ich aus dieser Situation nicht heraus. Also entschied ich mich dazu, ein wenig mitzuspielen. Im Zuge der Runden packte mich die Neugier und diktierte mein faktisches Handeln. Auch wenn es nach hinten losgehen konnte, musste die Frage raus. Wieso haben Sie so anders reagiert als Frau Spiegel? Sie sah mich an, senkte leicht den Kopf, lächelte und sagte schließlich: Ich seh nur Cola! Fertig. Sie war sich der Situation völlig bewusst. Es bedurfte keiner Analyse eines Chemielabors, um die genaue Zusammensetzung der Flüssigkeiten zu klären. Alles lag wie ein offenes Buch vor ihr. Diesen Ansatz hatte ich nicht erwartet und war total verdaddelt und brauchte ein paar Minuten, um mich gedanklich zu sammeln. Eine derartige Souveränität demonstriert zu bekommen, empfand ich als äußerst krass. Jahre später, während des Studiums, erlebte ich als unbeteiligter Zuschauer eine in Ansätzen vergleichbare Situation, die mich an diesen Augenblick des Jahres 2003 zurückdenken ließ und ich glaube nun erkannt und verstanden zu haben, was die Intention dahinter war. Deeskalation. Keinen Wirbel. Kein Aufsehen. Vor allem keine große Sache daraus machen oder etwas tabuisieren bzw. verbieten, weil derartige Sanktionen das Interesse bei Jugendlichen erfahrungsgemäß ins Unermessliche steigern können. Sehr clever, wie ich im Nachhinein zugeben muss. Durch einfaches Darüberhinwegsehen dem eigentlich unerwünschten Vorgang seinen Reiz zu entziehen. Den kurzen Weg zum Strand dachte ich noch darüber nach, vergaß jedoch leider im Laufe des Abends, Frau Herrlichs Vorgehen genauer zu analysieren – oder wenigstens zu durchdenken. Das lag wohl auch daran, dass ich mich just angekommen, stürmischer Beschwerden erwehren musste, warum ich denn so lange gebraucht hätte. Ich versuchte, zu berichten, aber niemand hörte zu. Ich war Schuld an einer Durststrecke gewesen, womit ich jedoch leben konnte.

Mailänder Missverständnisse

Am finalen Tag der Exkursion in die Mittelmeerregion richtete sich der Blick ostwärts. Nach einer kurzen Busfahrt überquerten wir die Grenze zur Lombardei, deren Hauptstadt unser Tagesziel war. In dieser traditions- und glorreichen Stadt strömten wir bereits kurz nach Ankunft aus, weil keinerlei Beschränkungen bzw. Vorgaben bestanden. Am letzten vollen Tag der Klassenfahrt ließen die Tutorinnen die Leine etwas länger, wie ich damals dachte. In der Retrospektive gelange ich jedoch mehr und mehr zu der Schlussfolgerung, dass die Länge der Leine während der gesamten Fahrt aus Schülersicht überaus generös gewählt wurde, um der Wahrheit die Ehre zu geben. Jedenfalls waren wir frei, den gesamten Tag über. Es stand auch kein obligatorisches oder fakultatives Programm an.

Ehrlicherweise muss ich gestehen, dass ich glaube, dass unsere Chefinnen sich der Tatsache bewusst waren, dass wir nach unseren vier langen Tagen und vier äußerst kurzen Nächten mittlerweile ziemlich durch waren. Dem war genau so. Deswegen trauere ich bis heute der Chance nach, Mailand nicht genauer unter die Lupe genommen zu haben, sofern das in fünf bis sechs Stunden überhaupt möglich ist. Die Stadt hatte einige Male in ihrer Geschichte unter Deutschen zu leiden, weswegen wir uns vornahmen, uns besser zu benehmen als beispielsweise

Kaiser Friedrich Barbarossa, der 1162 die stolze oberita-
lienische Stadt während seines Feldzuges gegen den
lombardischen Städtebund in Schutt und Asche gelegt
hatte.

So streiften wir in diverse Grüppchen aufgeteilt durch die
Metropole. Insbesondere die Kirchen hatten es uns ange-
tan. Als wir jedoch den Innenraum eines Gotteshauses
betreten wollten, mussten wir bei großem Erstaunen erkennen, dass dafür pro Person ein, aus Schülersicht relativ hoher, Eintrittspreis in Höhe von fünf Euro zu entrich-
ten gewesen wäre. Nur den Kirchturm zu besteigen wäre
zwar billiger gewesen, hätte jedoch auch drei Euro gekos-
tet. Zu teuer für uns, jedenfalls damals. Zurückblickend
war es vermutlich ein Fehler. Hätten wir mal in unsere
kulturelle, religiöse und historische Bildung investiert.

Stattdessen investierten wir in Daseinserhaltung. Ein mai-
ländisches Restaurant ersetzte das Kulturprogramm, was
in sich noch den Vorteil barg, dass meine Freunde und
ich den nun doch zunehmenden Hunger stillen konnten.
Der Nachteil bestand in einer uns durch den Kellner auf-
gezwungenen Diskussion über den am Ende zu entrich-
tenden Betrag, da die Getränke auf den verschiedenen
Karten am selben Tisch unterschiedlich bepreist waren.
Wir pochten logischerweise auf den geringeren Betrag
und setzten uns letztendlich durch. Das klingt später aber
oft leichter und lustiger, als es wirklich war. Ich empfand

die Situation damals durchaus als unangenehm. Unterschiedliche Wahrnehmungen und Einschätzungen sind in Verschieden- und Einzigartigkeit menschlicher Individuen begründet.

Unsere Rädelsführerin Elena war schon damals durchaus als streitlustig verschrien. Sie hatte jedoch auch ein starkes Rechtsempfinden, ein ausgeprägtes Gerechtigkeitsgefühl und vor allem eine vielen Deutschen wie selbstverständlich inhärente Überzeugung, im Recht zu sein. Ich richte nicht darüber, empfinde jedoch gänzlich anders. Zunächst hätte ich, wenn ich alleine in einen solchen Vorfall involviert gewesen wäre, alles in der Welt daran gesetzt, keine große Szene zu machen. Diese Blicke von Leuten an den Nebentischen durchbohrten mich. So habe ich es zumindest in dieser speziellen Situation empfunden. Das erachtete ich schon immer als äußerst unangenehm. Darüber hinaus bin ich vermutlich einer der schlechtesten Mandanten, die sich Anwälte ausmalen könnten. Schon meine eigenen Streitigkeiten interessieren mich quasi nicht. Kleinliche Geplänkel zu führen, um sich unbedingt durchzusetzen, wurde von mir noch nie priorisiert. Daher verharrte ich in einer passiven Haltung, bis die Sache sprichwörtlich vom Tisch war und wir das Lokal endlich verlassen hatten.

Selbst wenn man bei derlei Streitigkeiten im Recht sein mag, glaube ich in der Regel nicht, dass es sich lohnt, die jeweiligen Auseinandersetzungen auch zu führen, da die, um bei diesem Beispiel zu bleiben, fantastische Mahlzeit ein unschönes Ende fand, wodurch das ganze, eigentlich positive, Erlebnis zumindest einen faden Beigeschmack erhielt. Aus meiner Sicht war das völlig unnötig. Hier galt es, zuvor Ertrag und Aufwand gegeneinander abzuwägen und darauf basierend eine hoffentlich weise Entscheidung zu fällen.

Am Nachmittag wollten wir noch die beiden gigantischen Mailänder Stadien aufsuchen, in denen Inter und der AC ihre jeweiligen Heimspiele austragen. Einen Stadtplan, den wir unterwegs vom Boden aufgeklaubt hatten, vermutlich acht- und gedankenlos von anderen Touristen weggeworfen, schien uns auch keinerlei Klarheit verschaffen zu können. Sowohl San Siro als auch das Giuseppe-Meazza-Stadion mussten sich im gleichen Teil der Stadt befinden, also in relativer räumlicher Nähe. Vielleicht sogar im gleichen Viertel, was für uns überhaupt keinen Sinn ergab. Wer baut zwei gigantische Fußballtempel praktisch nebeneinander. Auf dem jüngst erhaltenen Stadtplan waren sie nicht voneinander zu separieren. Dementsprechend wurde mehrheitlich der Beschluss gefasst, in die Richtung der beiden Stadien aufzubrechen, um nicht sinnlos herumzustehen und Zeit zu vergeuden. Alles Weitere würde sich dann vor Ort schon finden.

Innerhalb kürzester Zeit gelang es der kleinen mecklenburgischen Schülergruppe, ein 80.000 Zuschauer fassendes Kolosseum der Neuzeit zu erreichen. Während wir das monumentale Bauwerk aus Stahl und Stein in Augenschein nahmen, fielen uns mehr und mehr Schilder, Beschriftungen und Plakate auf, welche sowohl von Partien und Veranstaltungen in San Siro als auch im Giuseppe-Meazza-Stadion kündeten. Immer mehr begann die Saat des Zweifels in uns aufzugehen und es dämmerte so langsam dem einen oder anderen, dass wir uns hier ziemlich peinlich in ein Missverständnis verrannt hatten. Es gab offenkundig nur ein einziges Stadion dieser Größe in diesem Stadtteil Mailands. Der Kiez hieß San Siro und dementsprechend war die Fußballarena, seit ihrer Errichtung im Jahre 1925, nach dem Stadtteil benannt, in welchem sie sich befand. Erst 55 Jahre später wurde der Mailänder Fußball-Star Giuseppe Meazza zum Namenspatron der Arena ernannt, woraufhin sie fortan seinen Namen trug.

Seit diesem Verwechselungs- bzw. Inkompetenzdesaster ist dieses Stadion jedoch lediglich unter seinem Spitznamen, den es zur Vervollständigung der Verwirrung auch noch gibt, bekannt: *Die Oper des Fußballs*. Über die anderen beiden Bezeichnungen hüllen wir seitdem den Mantel des Schweigens, um nicht immer wieder an diese peinliche Episode der Abschlussfahrt erinnert zu werden. Ohne die Klassenkameraden über den beklagenswerten

Fauxpas in Kenntnis zu setzen, stiegen wir in den Bus, der in den frühen Abendstunden die Hauptstadt der Lombardei verließ und ihr ligurisches Pendant ansteuerte. Gerade noch rechtzeitig erreichte das prall gefüllte Transportmittel den Ort, um uns einen finalen Besuch im hiesigen Supermarkt, eigentlich dürfte es sich eher um eine Kaufhalle gehandelt haben, zu ermöglichen.

Die Kaufentscheidung ist wohl hinreichend beschrieben worden und veränderte sich die ganze Woche über hinweg nicht. So wurde auch am Donnerstag, dem letzten ganzen Tag der italienischen Reise, nochmal kräftig in die Abendgestaltung nebst kulinarischer Versorgung investiert. Während fünf bis sechs Leute plan-, ziel- und auch ein wenig antrieblos durch den Laden streiften und die teils unbekannten Produkte, welche in einer fremden Sprache feilgeboten wurden, betrachteten, observierten die Einheimischen die jungen Touristen mit einer Melange aus Argwohn und Skepsis. Eine etwas betagtere Dame hatte das Pech, hinter dieser Gruppe an der Kasse in der Schlange zu stehen. In einem Akt der Höflichkeit versuchte Torsten, die Oma vorzulassen. Leider führte die Sprachbarriere, also eigentlich unsere linguistische Inkompetenz im Italienischen, zu einem kulturellen und diplomatischen Fauxpas. Freundlich lächelnd wies er der ligurischen Rentnerin den Weg an uns vorbei und sagte zu ihr „presto". Wenn Blicke töten könnten, bin ich mir unsicher, ob es mir noch vergönnt gewesen wäre, diese

Anekdote niederzuschreiben. Denn das eigentliche Wort der Wahl war selbstverständlich „prego", was bei den meisten Deutschen aufgrund der hiesigen Pizzerieninfrastruktur mittlerweile den Wortschatz bereichern dürfte und im Deutschen mit „bitte" zu übersetzen ist. Das Gesagte bedeutete jedoch „schnell", was durchaus als Aufforderung zur Eile verstanden werden konnte. Äußerst unhöflich, wohl aber nichts Neues für die Norditaliener, von Deutschen mit schlechten Mannieren belästigt zu werden, wobei darauf hinzuweisen ist, dass die Schülergruppe nicht in maliziöser Absicht handelte, sondern sich vielmehr jugendlicher Leichtsinn gepaart mit schierer Unwissenheit bahnbrach. Bei uns löste dieser Bauchklatscher ins Fettnäpfchen jedoch große Belustigung aus. So hatten wir immerhin eine kleine Story, die am folgenden Abend und im Verlauf der nächsten Jahre immer mal wieder zum Besten gegeben werden konnte.

Die Heimkehr

Der finale Freitag war von Wehmut, Erschöpfung und eines langsam einsetzenden Prozesses der Verarbeitung der enorm vielen Eindrücke und Erlebnisse der zurückliegenden Tage geprägt. Nichtsdestotrotz ließen wir es uns selbstverständlich nicht nehmen, unseren Gastgebern einen kleinen Abschiedsgruß mit mecklenburgischer Note zu hinterlassen. So positionierten einige Kreative kurz vor Abfahrt am Vorabend Goldi-Flasche an Goldi-Flasche direkt vor dem das Hotel umgebenden Zaun. Es handelt sich dabei um eine Spirituose, die zu verbraucherfreundlichen Preisen – ganz wichtig für junge, noch in der schulischen Ausbildung befindliche Erwachsene – als regionale, nordostdeutsche Spezialität angesehen werden kann, sofern der Blick aus einem wohlwollenden Auge schweifen gelassen wird. Heute kriege ich das Zeug auch nicht mehr runter, aber damals war es eben für uns das Mittel der Wahl. Dutzende leere Flaschen schlossen aneinander an, die goldgelben Etiketten exakt nach vorne ausgerichtet. Eine skurrile Parade, die wir uns selbst zum Abschied beim Einsteigen in den Reisebus geschaffen hatten und sowohl eine Hommage an Ligurien als auch eine Reminiszenz an die Heimat war, welche wir bald wiedererblicken sollten.

Die lange Fahrt von der Mittelmeer- zur Ostseeküste war diesmal weniger einprägsam als die Hinfahrt, was vermutlich völlig normal ist. Als es vor knapp einer Woche losging, waren die Augen größer, die Münder offener und das Stauen und die Vorfreude nicht nur sichtbar, sondern fast schon mit Händen zu greifen. Denn zu Beginn unserer italienischen Reise wussten wir ja nicht so recht, was uns erwarten würde. Klar, Selbstbewusstsein war durchaus vorhanden. Kein Wunder, bei einer ganzen Klasse angehender Abiturienten, die dank einer der zahlreichen Reformen, die das bundesdeutsche Schulsystem in mannigfaltigen Ausprägungen in den 16 Ländern durchlaufen hat, praktisch alle bereits die Volljährigkeit erreicht hatten. Manche Eltern sprachen in diesem Zusammenhang gar von Überheblichkeit, aber das hängt sicherlich viel mit der eigenen lebensweltlichen Perspektive zusammen. Nun, nach einer Woche hatten wir Erfahrungen gemacht, viele Programmpunkte abgearbeitet und darüber hinaus die ganze Zeit sehr genossen. Allerdings hinterließ der Lebenswandel selbst in der Kürze der Zeit seine Spuren. Tag und Nacht unterwegs zu sein schlauchte doch mehr, als es sich so mancher zunächst vorstellen konnte und später zugeben wollte. Doch die reglos im Innenraum des Busses verteilten Körper, die seltsam anmutenden Stellungen und der tiefe Schlaf, in welchen die meisten Fahrgäste versunken waren, erbrachten den unwiderlegbaren Beweis, dass wir unsere gesamten Kräfte und Energien in die Woche investiert hatten. Demnach mag die nächtliche Fahrt zwar lang gewesen sein, aber kaum einer bekam etwas von ihr mit. Im Gegenteil, als sich das breite und massige Fahrzeug schon Lübeck, der Königin der Hanse, näherte, war ein Großteil von uns wieder zu sich gekommen, vermutlich jedoch mitnichten bei klarem Verstand. Am Freitagvormittag bog unser Fahrer auf den Parkplatz nahe des eigentlichen Schulgebäudes und -geländes ein. Auch er machte sicherlich drei Kreuze, diese Bande wieder sicher nach Hause gebracht zu haben und sie nun auch endgültig los zu sein.

Hier hatte sich während unserer Abwesenheit nicht viel verändert. Auf dem zubetonierten Areal zwischen der größten Sporthalle der kleinen Hansestadt auf der einen Seite und dem Getto-Netto (der Name geht auf eine Filiale einer bekannten Supermarktkette zurück, die in einer mittlerweile relativ verlebten Plattenbausiedlung errichtet worden war) auf der anderen Seite war bei strahlendem Sonnenschein, dafür hätten wir uns offensichtlich nicht extra ans Mittelmeer begeben müssen, der Endpunkt der Abschlussfahrt erreicht, was wiederum dem Moment den Makel der Endgültigkeit verlieh. Einer nach dem anderen quälte sich aus dem Bus, die Taschen, die im Bauch des Reisebusses verstaut waren, schienen mit zentnerschweren Steinen gefüllt zu sein und zumindest mir ist noch sehr deutlich der schmerzende Rücken in Erinnerung geblieben, was ich mir an jenem Tag jedoch beim besten Willen nicht zu erklären vermochte. Wie stark sich das bei den anderen auswirkte, weiß ich nicht. Ich für meinen Teil holte jedoch über die nächsten vierzehn Tage ein immenses Schlafdefizit auf. Nachträglich betrachtet mag es aber logische Gründe für die Leiden gegeben haben. Wessen ich mir aber zur Gänze sicher bin, ist die eisenharte Tatsache, dass ich beim Thema Leiden auch schon damals an die beiden Tutorinnen denken musste, welche die Strapazen einer Abschlussfahrt mehr oder weniger freiwillig auf sich genommen, uns eine fantastische Woche bereitet und die ganze Zeit über nie die Contenance verloren hatten. Nichts schien sie aus der Bahn werfen zu können, nichts stellten wir an, was sie nicht schon mal gesehen oder erlebt hatten. Nur einmal, ganz zu Anfang der Reise, glaubte ich, einen Funken des Zweifels in ihren Augen ausgemacht zu haben. Melanie hatte es nämlich fertiggebracht, für den Zeitraum von lediglich sechs Tagen, gleich sieben Paar Schuhe mitzunehmen. Frau Spiegel und Frau Herrlich wechselten einen Blick, den ich nie vergessen werde und den ich bisher auch nie wieder bei jemandem gesehen habe. Eine Melange von Ungläubigkeit, Hilflosigkeit, Fassungslosigkeit und Ratlosigkeit blitzte aus ihren Augenpaaren. Wann sie die Latschen anziehen wollte, erschloss sich weder meinen Lehrerinnen noch mir, da frei nach Adam Riese eine vollständige Auslastung unmöglich war, es sei denn, gleich mehrere Paare kämen an ein und demselben Tag zum Einsatz, was ich an dieser Stelle und nach den vielen vergangenen Jahren nicht völlig auszuschließen vermag. Effizient war ihr Handeln jedoch mit Sicherheit nicht. Modisch vielleicht schon.

Der Videobeweis

Ein Nachspiel sollte die Abschlussfahrt jedoch noch haben. Etwa neun Monate später kam alles auf den Tisch, besser gesagt auf die Leinwand. Als wir im September zu unserer italienisch-französischen Reise aufbrachen, lagen das Lernen, die Prüfungen, das Bibbern und das gymnasiale Jüngste Gericht vor uns, im Nachhinein besehen relativ erfolgreich. Von 28 Schülern, die im Sommer 2003 an diesem Gymnasium den Versuch unternommen hatten, die Allgemeine Hochschulreife zu erwerben, waren allesamt erfolgreich. Manche mit besseren, manche mit schlechteren Noten. Wie das eben immer so ist. Entscheidend war für uns alle, nach meinem Empfinden, durchgekommen zu sein. Strahlend, unter dem Radar oder mit Hängen und Würgen. Hauptsache, es war vollbracht. Vielleicht zu einem kleinen Teil auch wegen der emotionalen Energie, die wir in den paar Tagen am Mittelmeer ansammeln konnten. Diese wurden von unserem Kamerateam Flori/Cindy mit heute mittelalterlich anmutender Technik festgehalten. Unbedarft, wie junge Menschen im Umgang mit Bild- und Tontechnik oftmals sind, dachten wir nicht daran, mit Aufzeichnungen außerhalb des privaten Safe Spaces konfrontiert zu werden.

Die Belehrung eines Besseren folgte auf dem Fuß. Ich hatte keine Ahnung. Allerdings bin ich mir fast sicher, dass es auch den meisten anderen ebenfalls so ging. Ein überfallartiger Angriff aus dem Hinterhalt, der, was die Sache nur noch schlimmer machte, von den eigenen (Klassen-)Kameraden durchgeführt wurde. Wo fand er statt? Direkt auf unserem Abi-Ball. Bei einer Veranstaltung also, auf der wir uns feiern und feiern lassen wollten. Zugegeben, das ist auch geschehen, aber vorher hatte das Abi-Ball-Orga-Komitee eben einen kleinen Anschlag vorgesehen, der zwischen Tanz, Buffet, Quiz und Talk verübt wurde. Findige Regisseure und Drehbuchautoren stellten ein Best-of szenischer Schnipsel unserer Klassenfahrt – wie ich unumwunden zugeben muss, durchaus gekonnt und mit viel Esprit – zusammen. Während die Bilder über einen Beamer an eine weiße, stoffliche Leinwand geworfen wurden, tobte das Publikum, hauptsächlich bestehend aus Eltern und Verwandten der Schüler, zusätzlich einiger Lehrer, welche die Klassen während ihrer Schullaufbahn begleitet und unterrichtet hatten, vor Lachen. Zeitweilig unterbrochen vom Hände-vors-Gesicht-schlagen, vom starken Kopfschütteln und von hochroten Köpfen, die jeder Osram-Leuchte problemlos Konkurrenz bereitet hätten. Meistens jedoch wenn der eigene Nachwuchs ins Bild kam. Alles in allem ein absoluter Höhepunkt des Abi-Balls. Unvergessliche Szenen spielten sich sowohl in den Videos als auch in den Reihen der Zuschauer ab, beispielsweise wenn jemand über Minuten hinweg versucht, einen Schlüssel in das dazugehörige Schlüsselloch zu stecken und dabei scheitert und scheitert und scheitert. Oder wenn filmisch festgehalten wurde, wie ganze Gruppen von Schülern sich in der Dunkelheit über den Balkon des ersten Stockes abseilen, um noch einen spätabendlichen Ausflug zu unternehmen. Oder wenn jemand mitten in der Nacht mit vorgehaltener Kamera in ein Zimmer stürmt und eine schlafende Person binnen 0,27 Sekunden erwacht, senkrecht aus dem Bett schießt und den Schneidersitz einnimmt. Oder wenn Eltern vorgeführt bekommen, wie sich ihre vermeintlich gut erzogenen und ausgebildeten Kinder sorglos und gedankenvergessen auf alten Gräbern lümmeln und kunstvoll verzierte Grabsteine nutzen, um die Füße hochzulegen. Oder wenn praktisch alle bei Beginn der Reise vor Kraft kaum laufen können und der ganze Tross auf der Rückfahrt bzw. bei der Ankunft völlig geplättet und ziemlich kleinlaut geworden ist. Die Elternschaft kam aus dem Feiern gar nicht mehr raus. So wie es uns ein paar Monate zuvor auch erging. Dass die Reise gelungen war, wussten wir eigentlich schon, während wir sie noch unternahmen. Dass sie uns aber selbst beim Abi-Ball noch mal in prominenter Rolle serviert wurde, uns gleichzeitig desavouierte, aber letztlich ein weiteres Mal zum Mittelpunkt einer Feier gemacht wurde, deren Sinn und Zweck darin bestand, unsere Klasse, unsere Lehrer, unsere Schule, uns Schüler und unsere Familien zu würdigen, unterstreicht den Wert der Abi-Tour. Dass die Abschlussfahrt des Jahres 2003 ihren Teil dazu beitrug, weist ihre Wichtigkeit vermutlich besser, deutlicher und verbindlicher aus, als es zehntausend Worte können.